ce livre appartient à

....

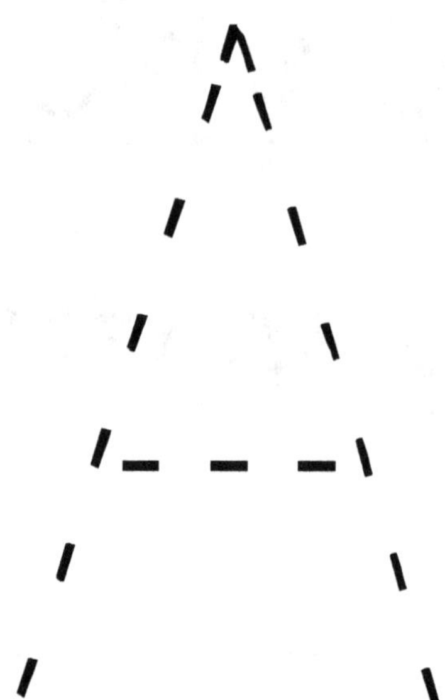

A a

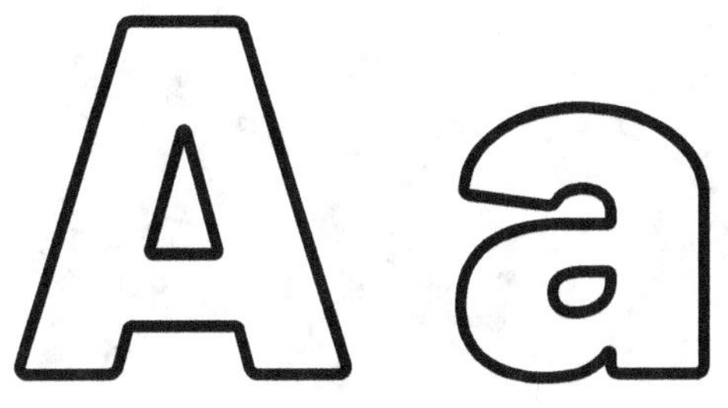

A a

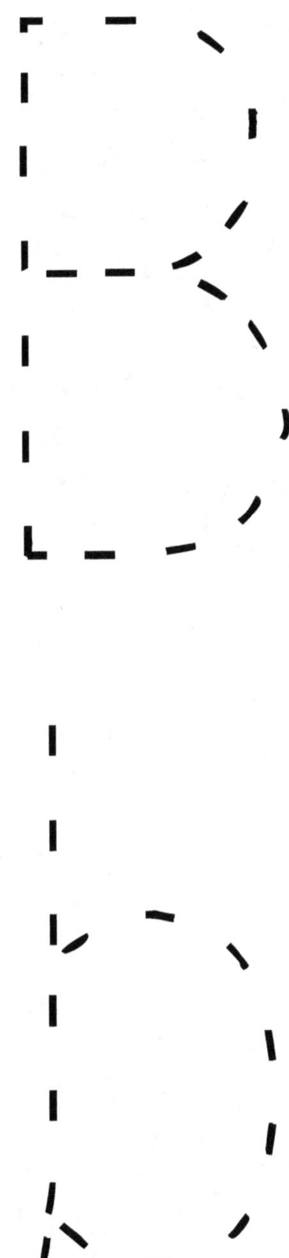

B b

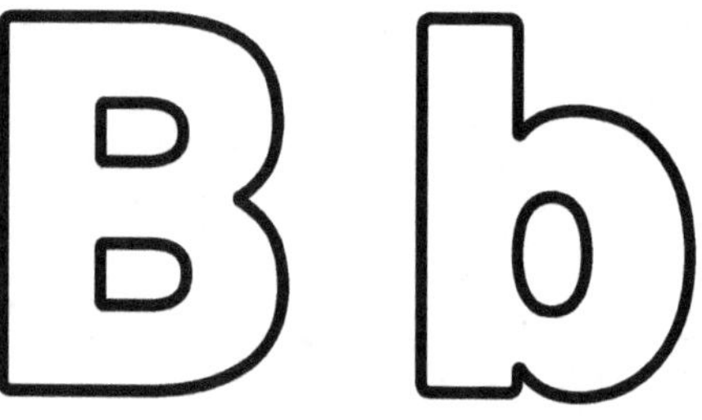

B B B B B B

b b b b b b

B

b

B

b

B b

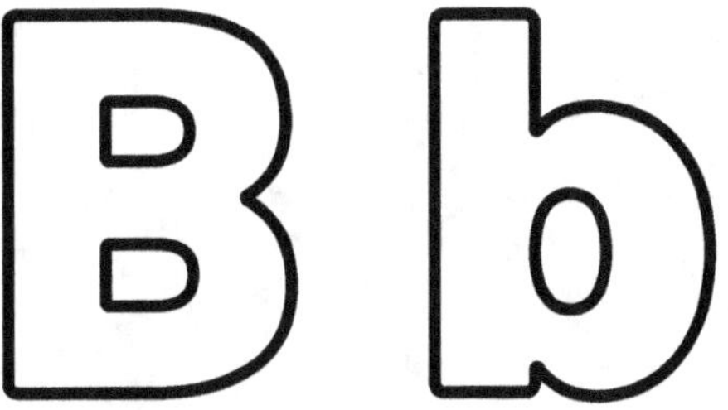

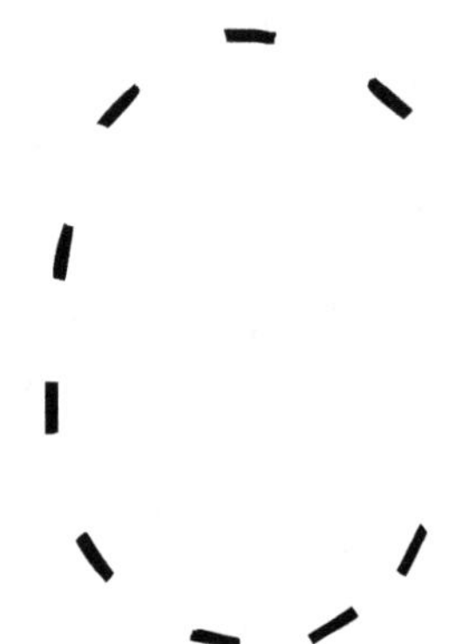

C c

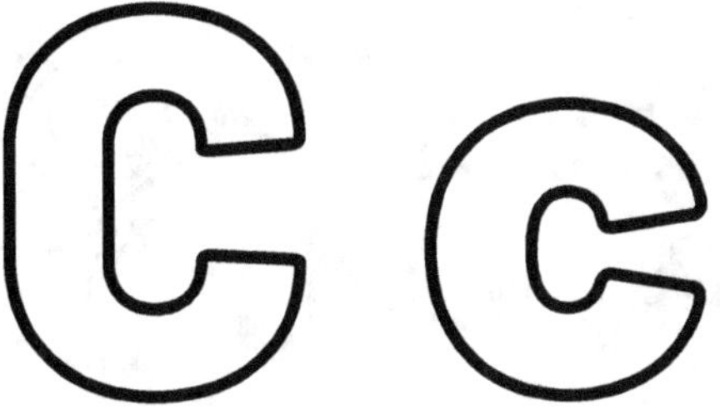

C c

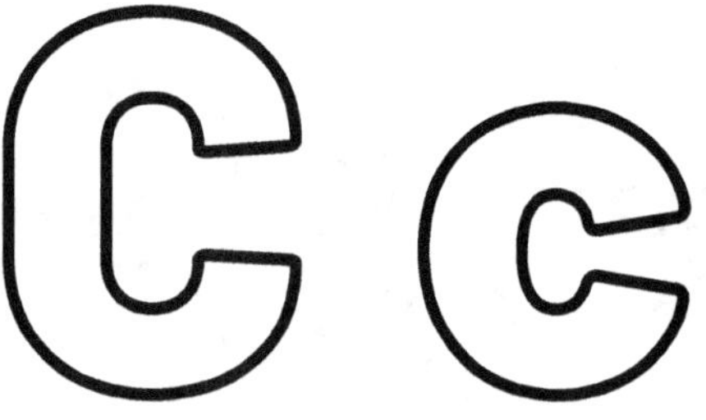

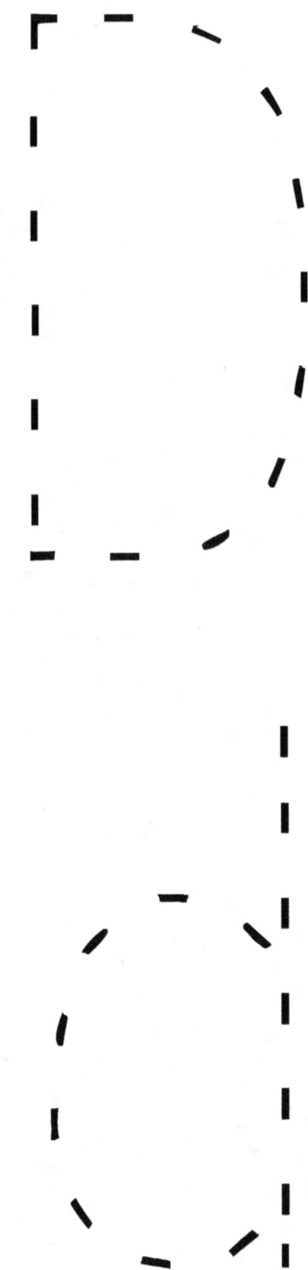

D d

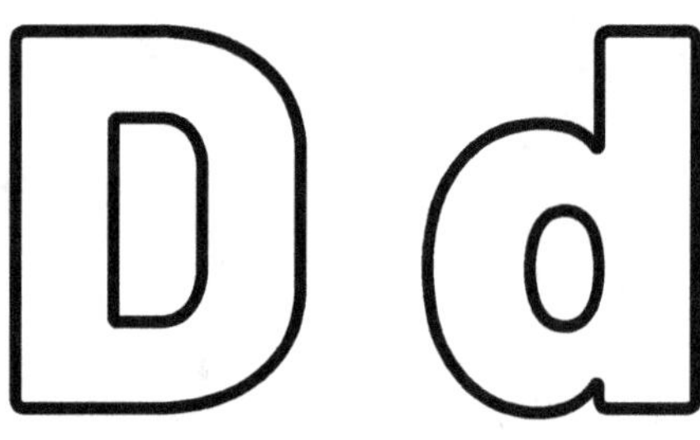

D D D D D D D D

d d d d d d d

D

d

D

d

D d

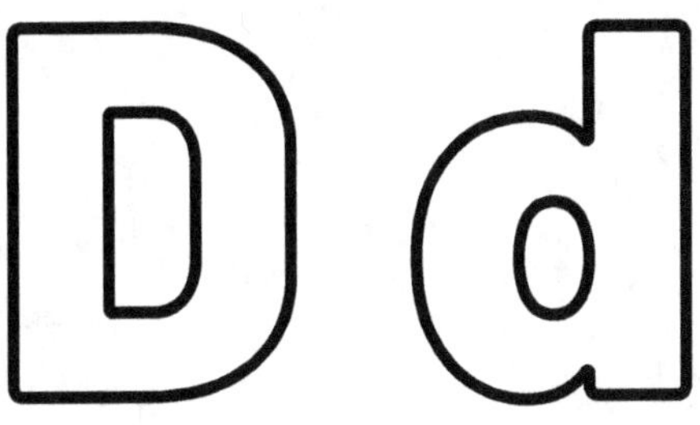

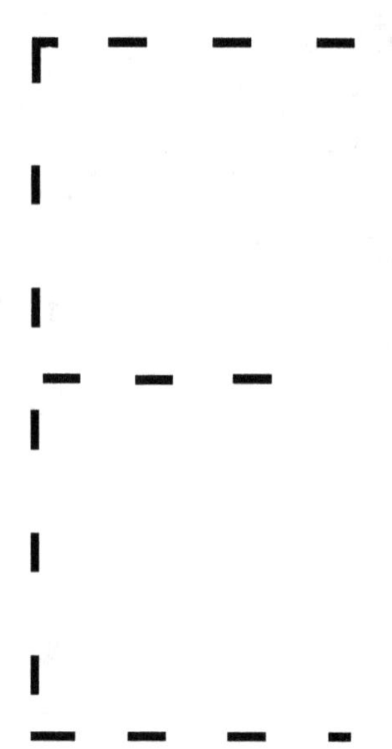

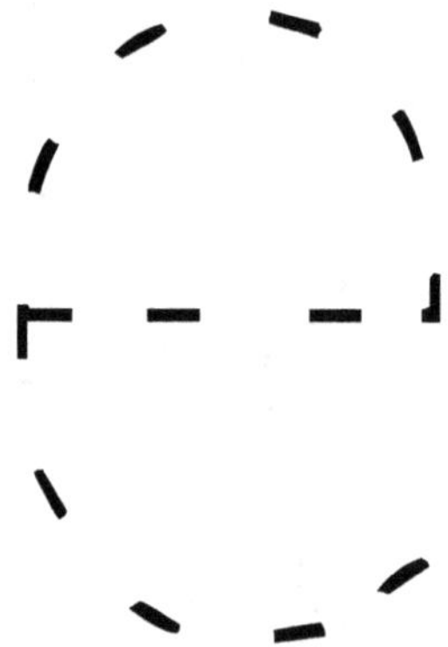

E e

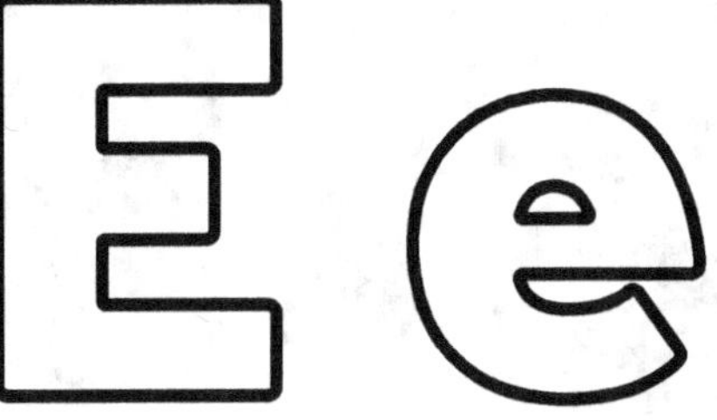

E e

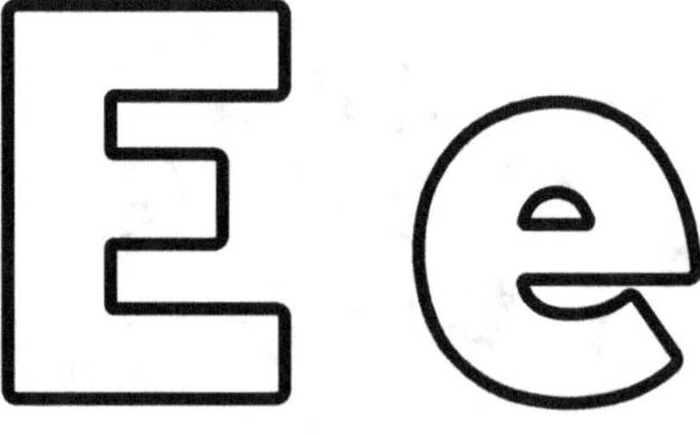

F f

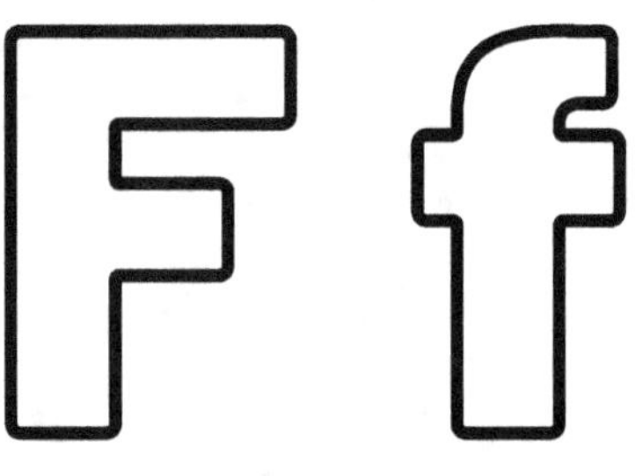

F f

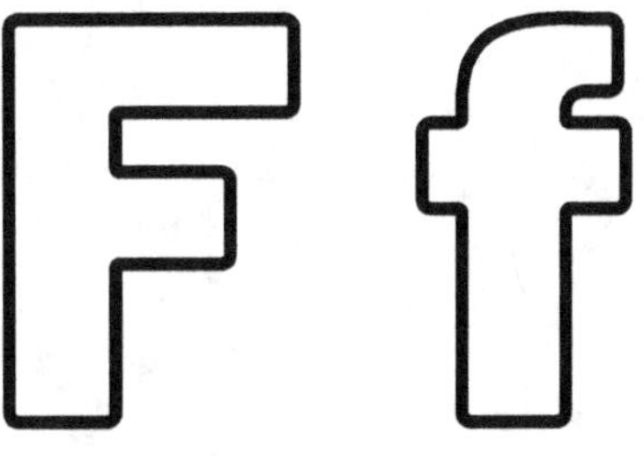 

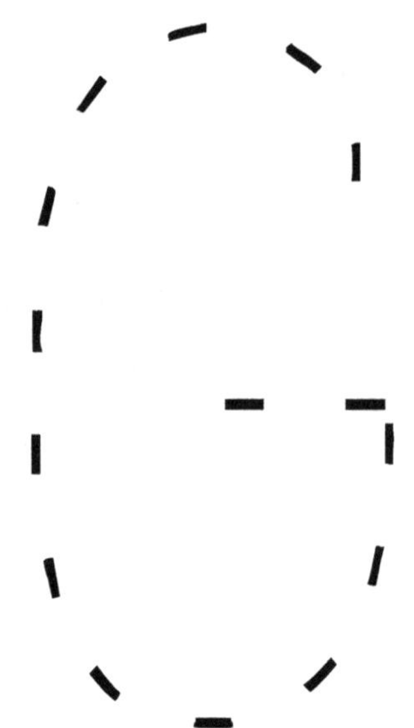

G g

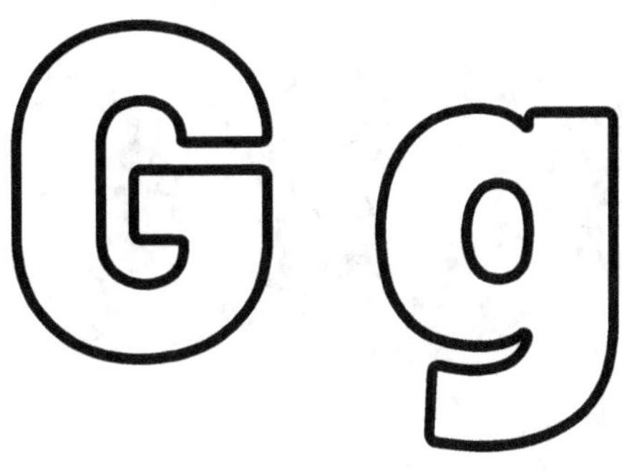

G g

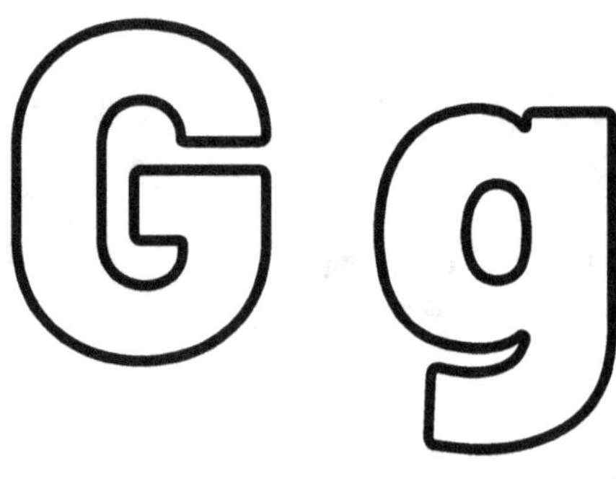

H h

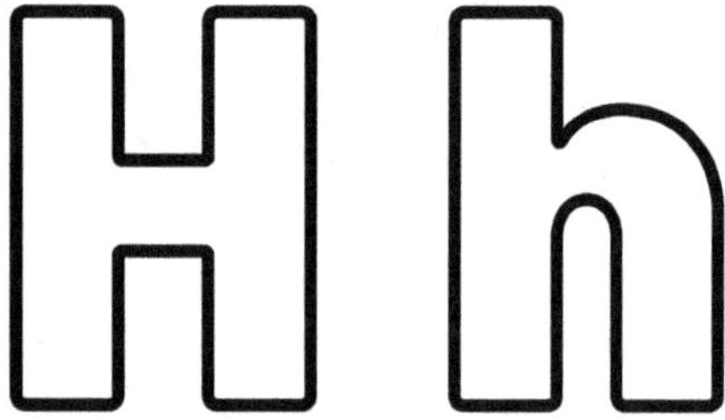

H h

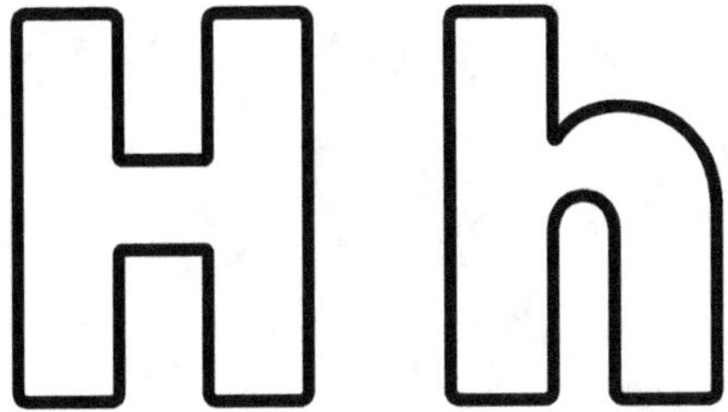 

J j

K k

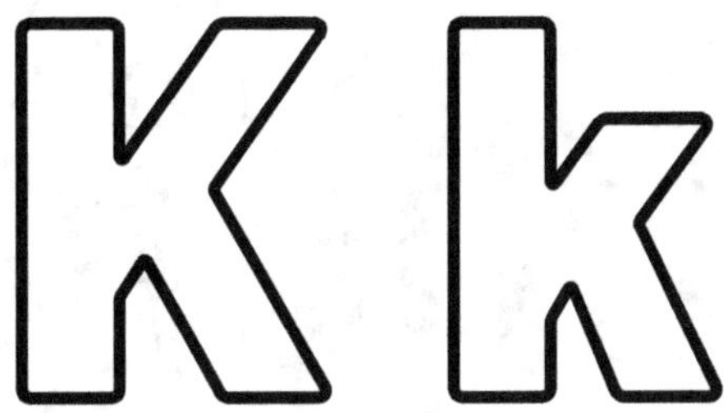

K k

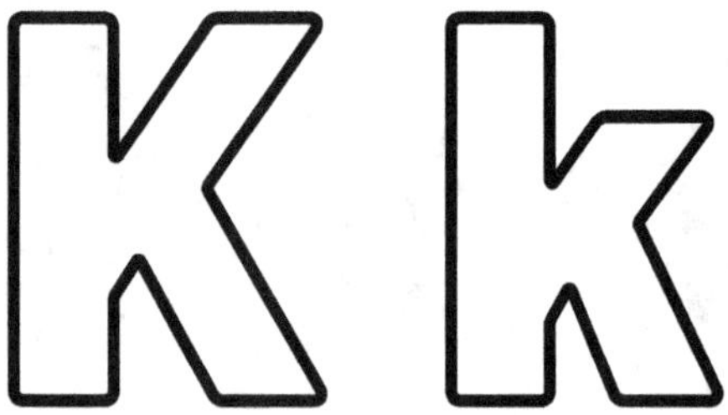

L l

L l

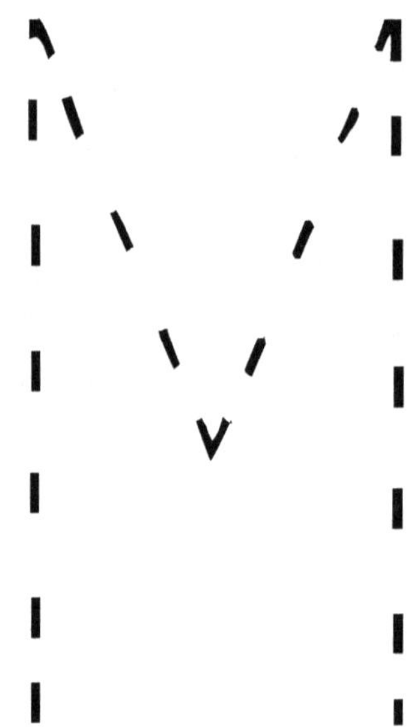

M m

M m

N n

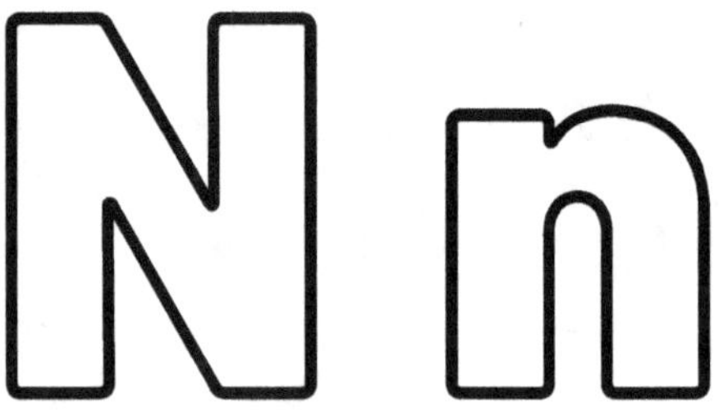 

N n

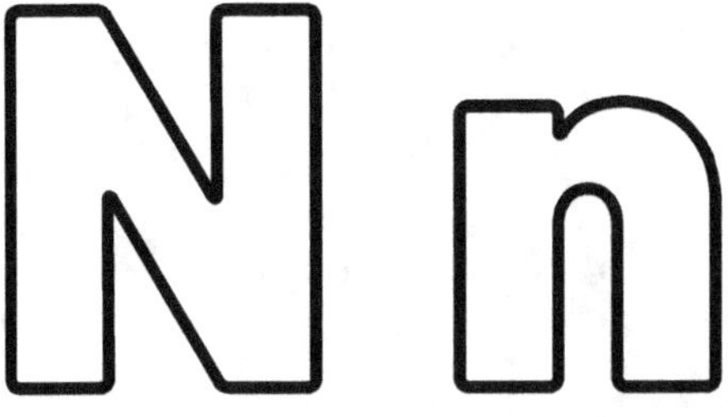 

O o

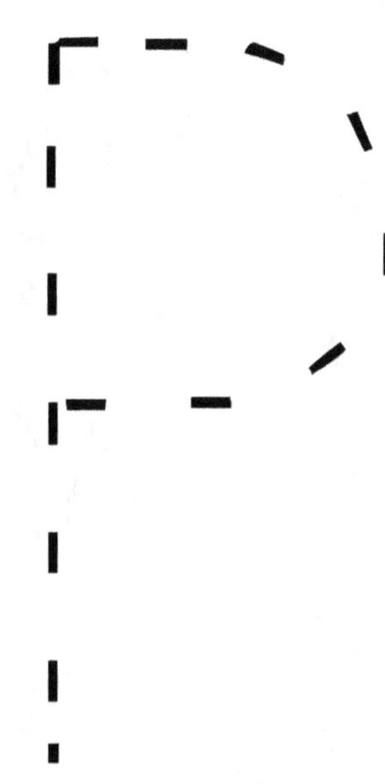

P p

P p

Q q

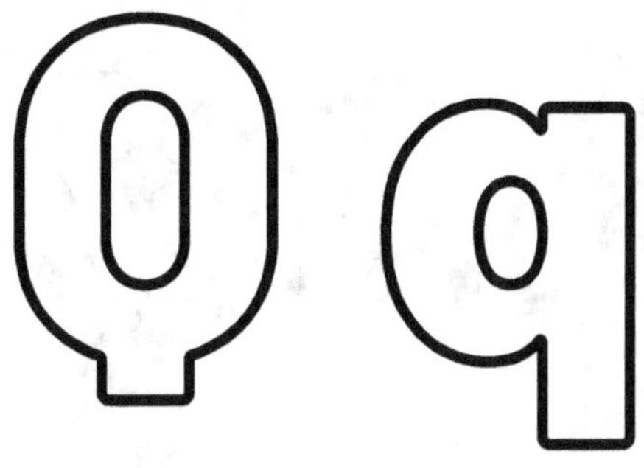

Q q

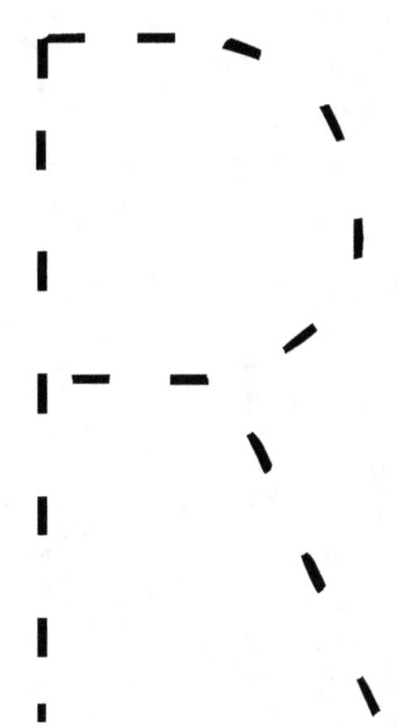

R r

R r

S s

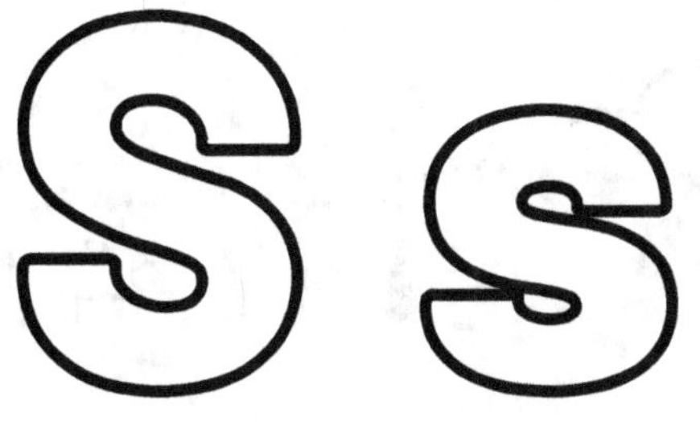

S s

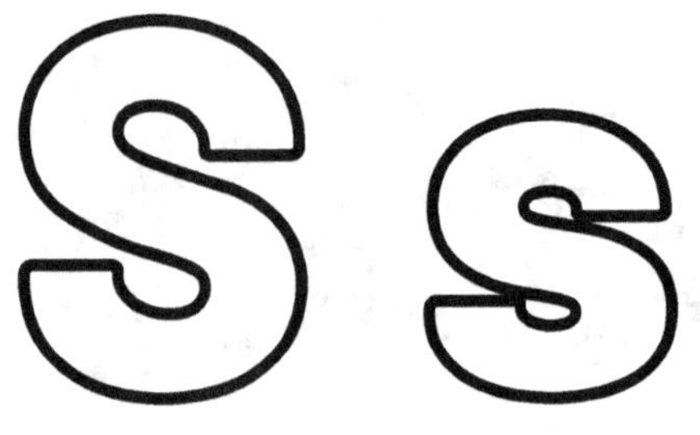

T t

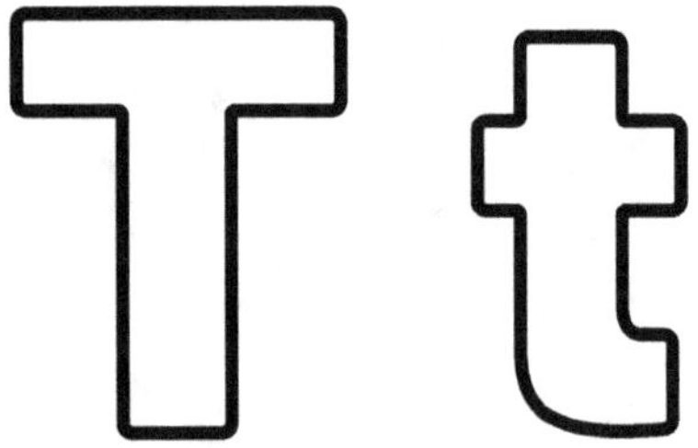

T t

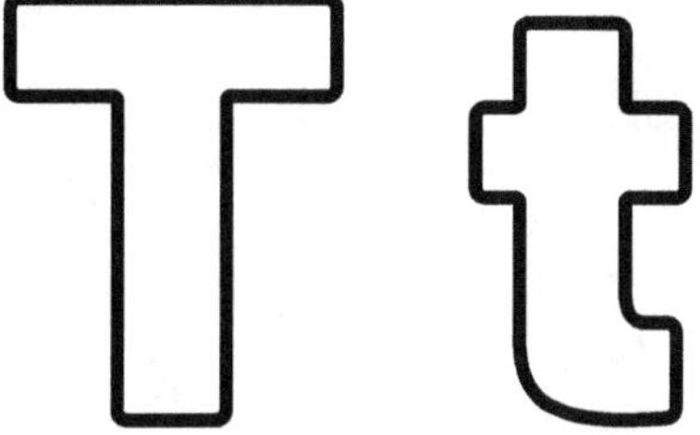

U u

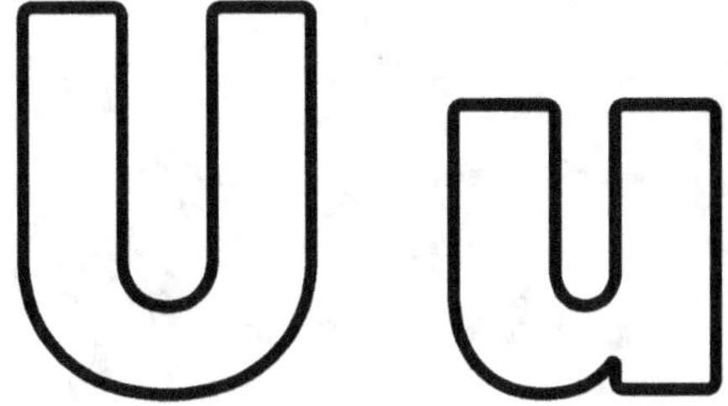

U u

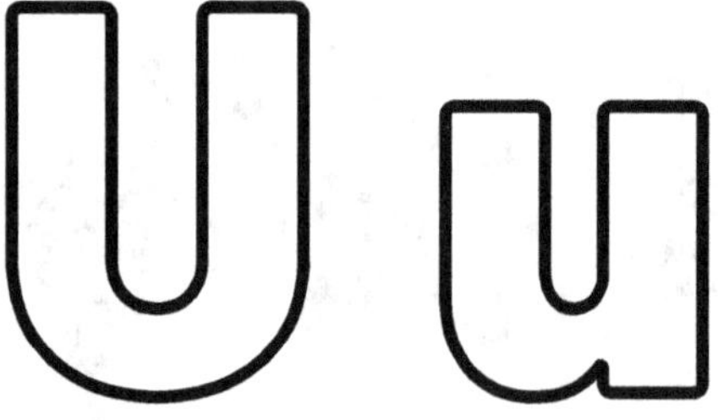

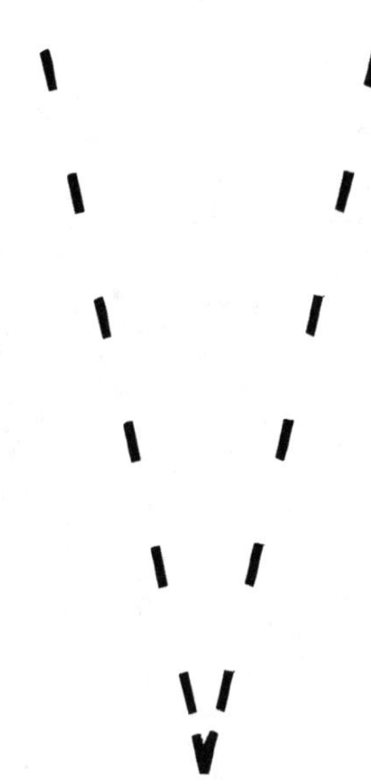

V v

V v

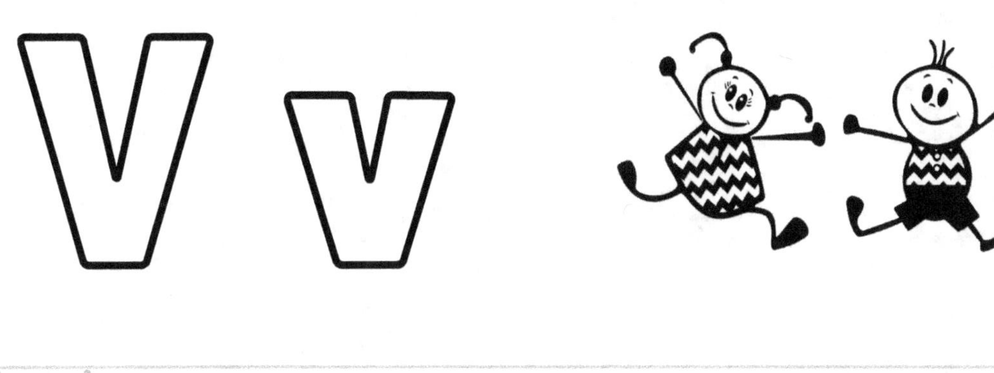

W w

W w

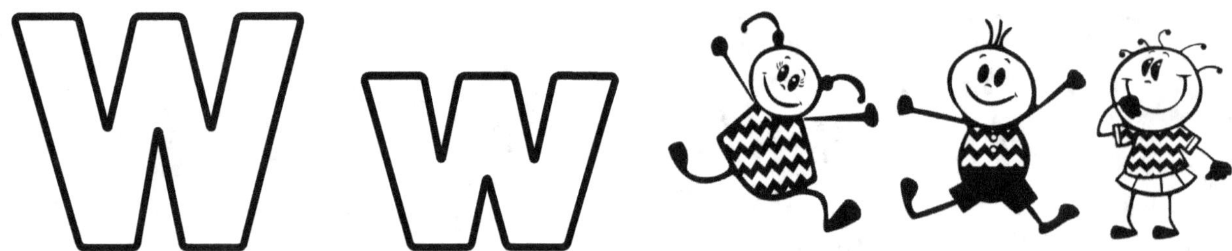

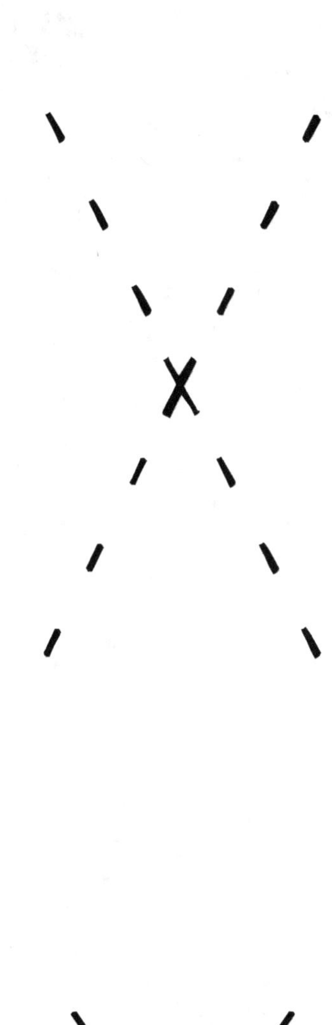

X x

X x

Y y

Y y

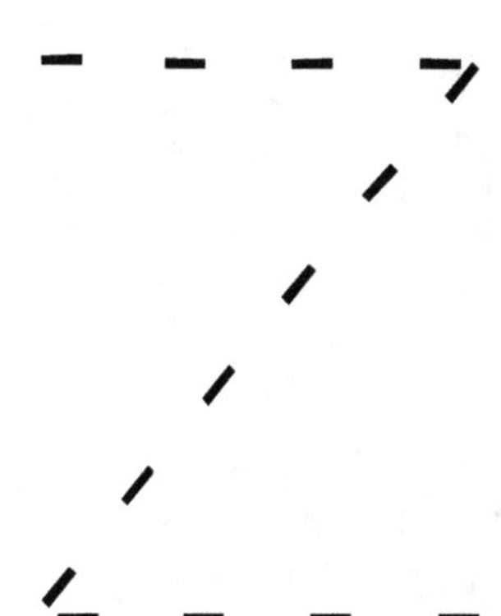

Z z

Z z

A B C D

E F G H

I J K L

M N O P

Q R S T

U V W X

Y Z

a b c d

e f g h

i j k l

m n o p

q r s t

u v w x

y z

B
b
B

C

c

C

D
d

D

E

e

F
f

G
g
G

H h

I
i

J

j

J

K

k

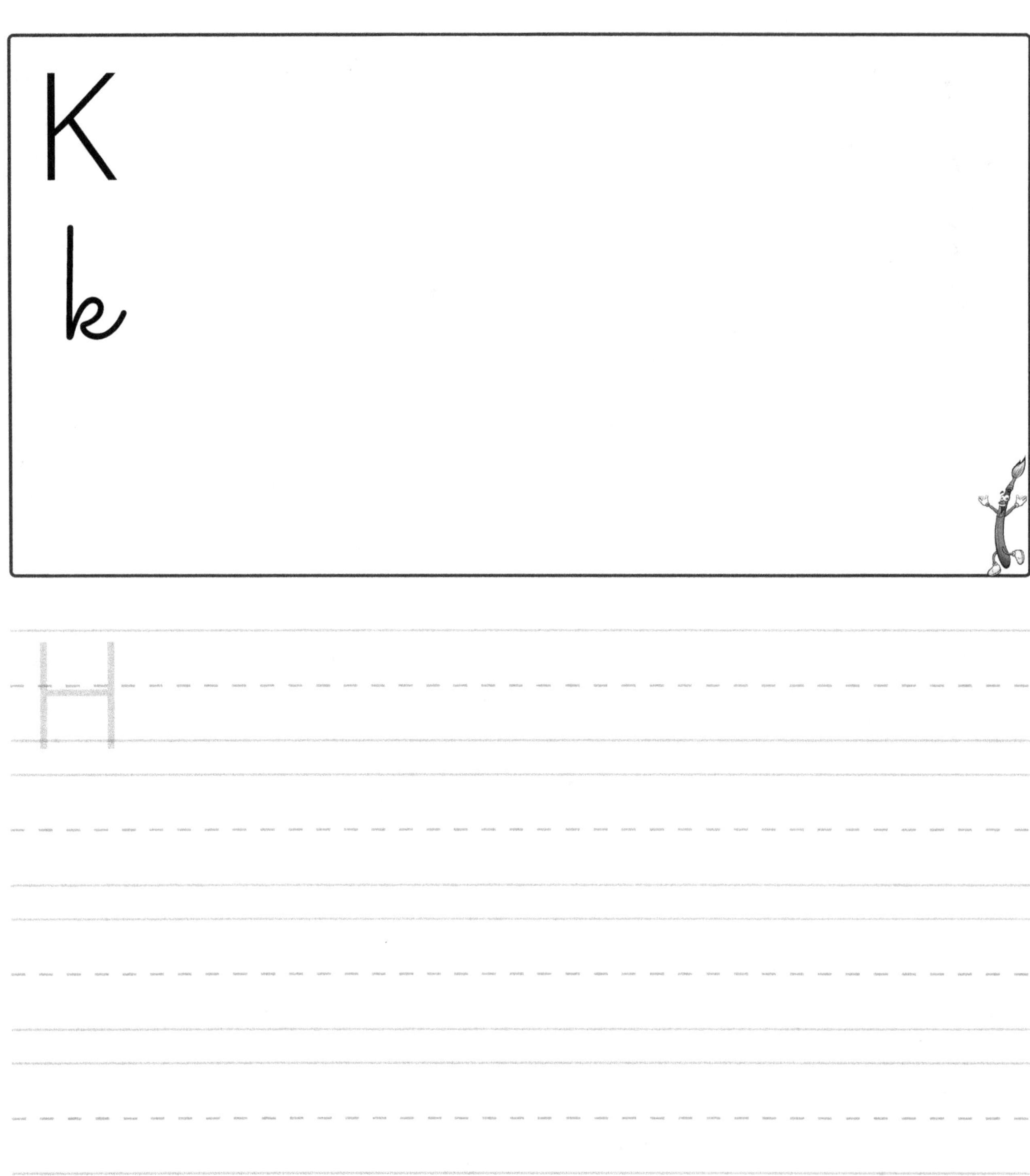

M
m

M

N n

P
p
P

R
r

R

S
s

S

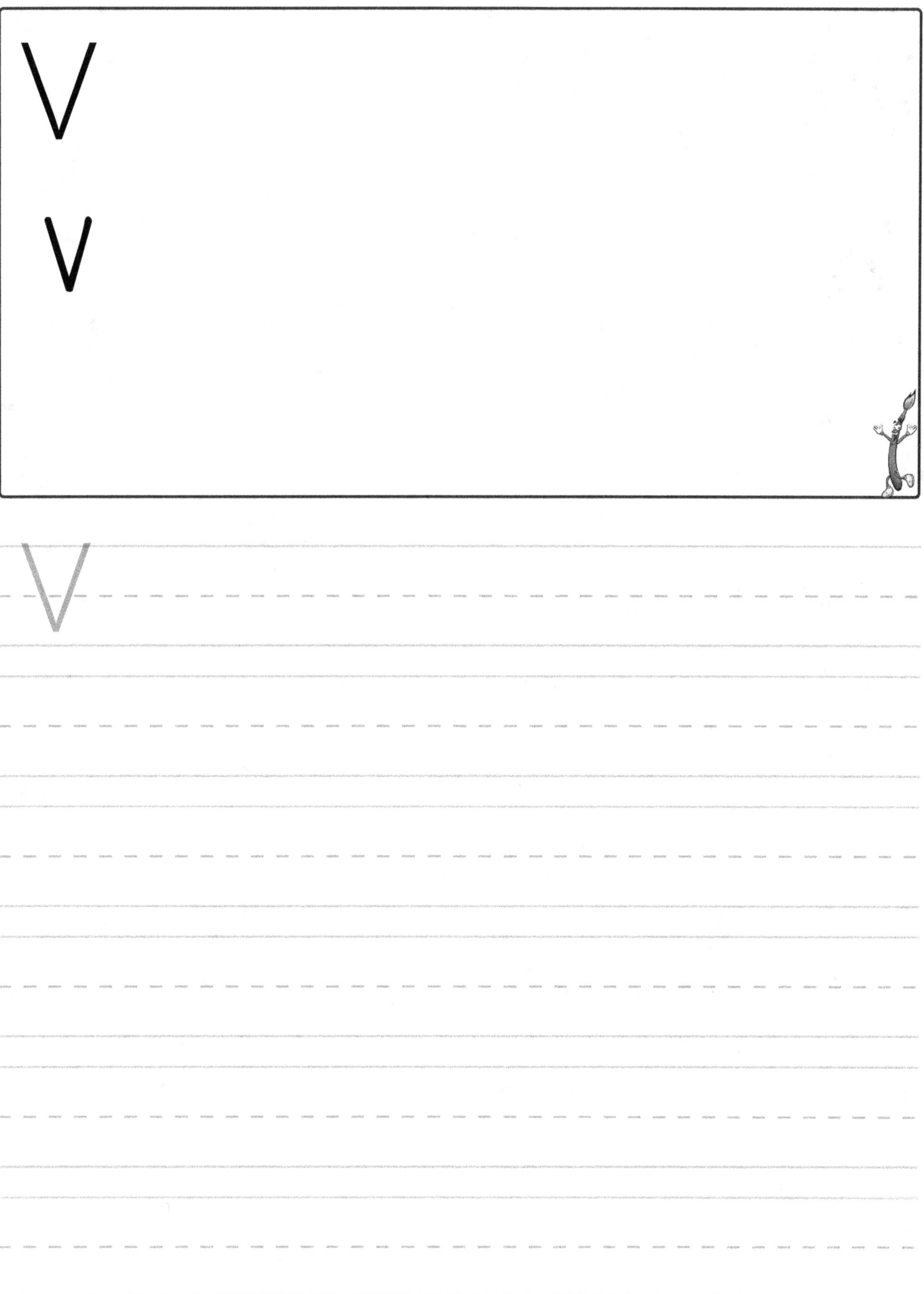

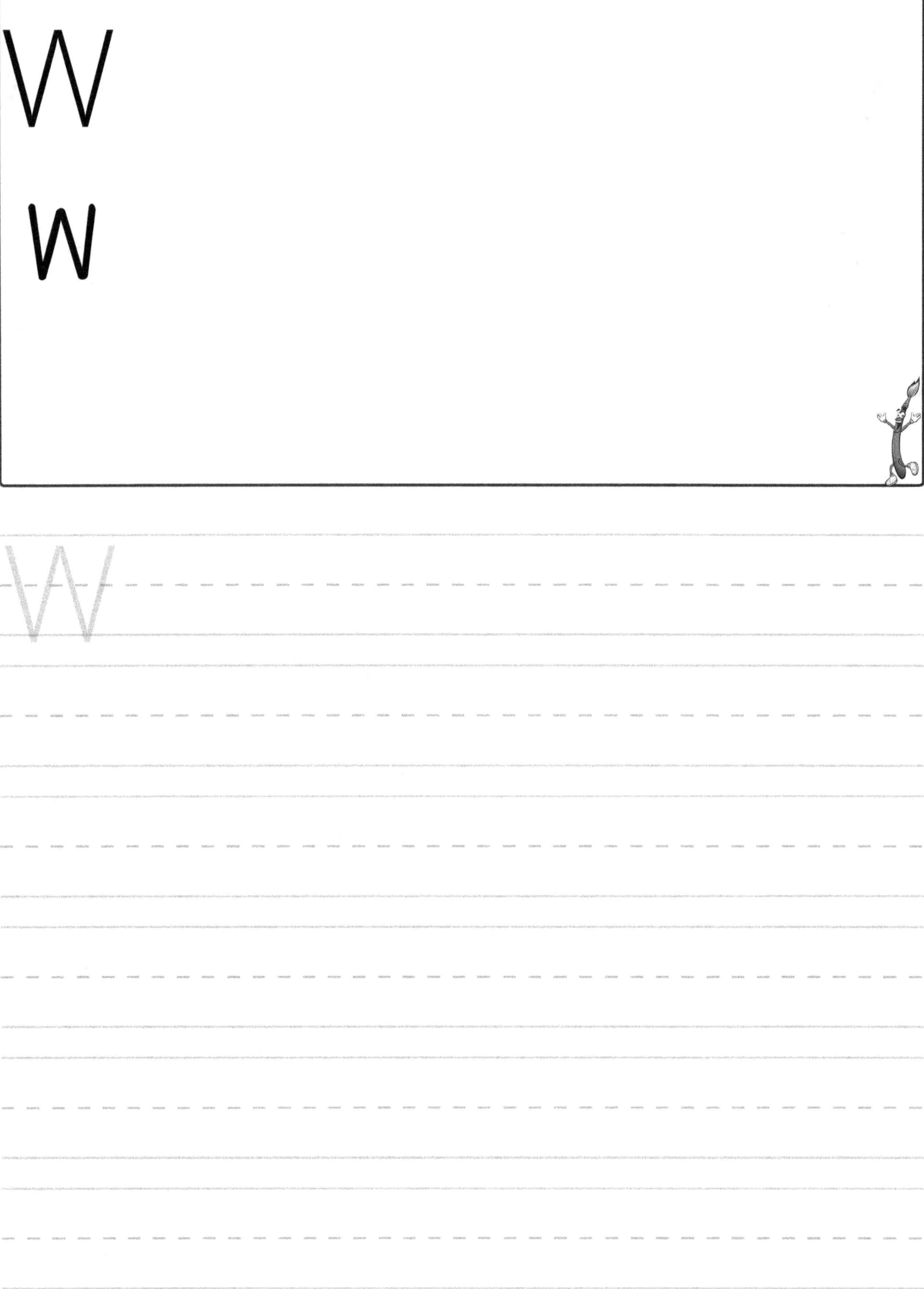

Z

z

Z

www.ingramcontent.com/pod-product-compliance
Lightning Source LLC
Chambersburg PA
CBHW081344160726
48000CB00010B/3222